LES

FRANÇAIS

S'AMUSENT

PARIS

DESLOGES, ÉDITEUR - LIBRAIRE

52, rue Saint-André-des-Arts.

1864

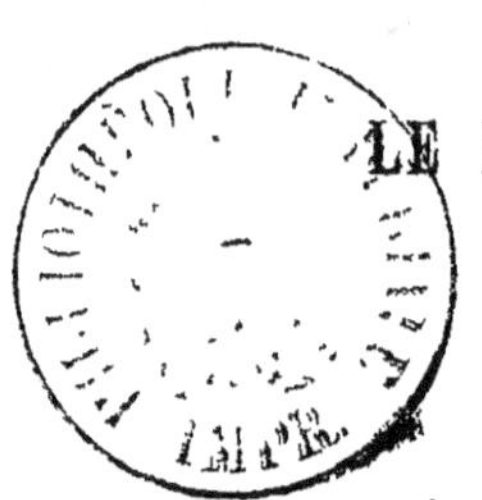

LES FRANÇAIS

S'AMUSENT

Sur le trône et l'autel la révolte est assise,
Sur un bandeau sanglant elle écrit sa devise;
Je la vois se vautrer sur la pourpre des rois :
Les démons sont joyeux... les anges sont sans voix.
Son délire infernal, dans un ardent transport,
Lui dit que pour les siens se déclare le sort;
Que la barque de Pierre, en ce nouvel orage,
Ferait tout près du port le plus honteux naufrage.
En effet, mille esquifs flottent de tous côtés;
Contre elle sont les vents et les flots agités.
Sa chute nous doit convaincre de mensonge,
Et la divinité ne sera plus qu'un songe.

La révolte vomit un si fort ouragan,
Qu'on vit inaugurer le pouvoir de Satan.
Devant elle bientôt le grand pontife tremble,
Et Rome et son rocher vont s'écrouler ensemble :
Les communs ennemis du sceptre et de l'autel
Vont donner à l'église enfin le coup mortel.

1864

Le philosophe ancien, cherchait du suprême être
Les divins attributs; il voulait les connaître.
Nouvellement éclos, le philosophe ingrat,
De Luther, à Renan, les nie ou les combat,
Citant des devanciers et pour témoins : Voltaire,
Rousseau, cet esprit fort, ce flambeau de la terre.

Le feu de leur parole est sorti des enfers,
Et sa lugubre flamme infecta l'univers.
Qu'ont produit leurs écrits, tant de fameux ouvrages?
Ils ont fait des Français un peuple de sauvage.
Quel triomphe pour eux, si, du fond des cachots,
L'Eternel permettait de voir de si grands maux.
O vous, docteurs profonds, vos débats déplorables
Nous ont mis au pouvoir d'ennemis implacables.
Mais qu'avez-vous gagné par tous vos différents?
Vous avez divisé les petits et les grands.
Les principes outrés, la trop douce doctrine,
Du peuple, tôt ou tard, amènent la ruine.

Contre vous irrité, le Très-Haut, en nos jours,
Nous donnait en pâture aux rapaces vautours;
Du mal, le génie excitait des tempêtes,
Qui tombaient en éclats sur nos coupables têtes.
Mais les malins esprits, détruits par les éclairs,
Disparurent bientôt de la terre et des airs.
Pour redire les maux qu'une horde sauvage
A causé aux Français, je manque de langage.
Je vois des scélérats, dans d'obscurs souterrains,
Conjurer à loisir la perte des humains;
Je les vois célébrer leurs infâmes orgies,
Et des lieux infernaux évoquer les furies.

Ces monstres, enivrés des plus sombres vapeurs,
Courrent souffler partout le venin de leurs cœurs.
Des plus hideux forfaits ils se rendent coupables.
Le tigre et le lion leur semblent charitables.
Et tous ces mécréants, maudissant l'Eternel,
Viennent le blasphémer jusque sur son autel.
Grand Dieu! si tu retiens le feu de ta colère,
Si trop lent à punir, tu suspends ton tonnerre,
Nul méchant ne craindra d'allumer ta fureur;
Tout impie osera braver ton bras vengeur.
D'aveugler les méchants, à Satan Dieu permet;
Français il faut aimer du Très-Haut le décret.

Les nobles effrayés désertent leur patrie ;
La révolte en profite, amène l'anarchie.
Bientôt la France, en proie à d'avides brigands,
Voit tomber, sous le fer, ses malheurenx enfants.
C'est aux grands, aux prélats, à donner bon exemple ;
Ils sont les vrais soutiens et du trône et du temple.
La cour est pour le prêtre un séjour dangereux ;
S'il cesse d'être sage, il devient scandaleux,
Quand le prêtre au monarque ose donner scandale.
Adieu religion, adieu toute morale :
L'exemple entraîne alors le peuple imitateur,
Qui devient le jouet du premier imposteur.

C'est du château des grands et du palais des princes,
Que le mal se répand dans toutes les provinces ;
On s'attire sur soi les plus justes fléaux,
Le Seigneur fait pleuvoir un déluge de maux ;
Ce fut au triste sort, ô toi, ma pauvre France !
Des vices de l'Etat tu sentis l'influence.
Livrée aux Jacobins et réduite aux abois,
Bientôt tu fus soumise aux plus horribles lois.
Des sujets révoltés, dans leur fureur injuste,
Font à leurs potentats couper la tête auguste.
Monarque trop facile et père trop clément,
Ton peuple fut ingrat, ton peuple s'en repent.

De ton trépas cruel, les principaux complices
Ont subi tour à tour les mérités supplices.
Ta perte, en mille endroits, fit répandre des pleurs,
Tout l'univers plaignit ta mort et tes malheurs ;
Mais de ton long martyre on conserve l'histoire,
De tes vertus nos cœurs ont gardé la mémoire ;
Les vrais Français, toujours, pleureront tes revers
Qui font encore trembler les rois de l'univers.
Toi, grande reine, ô toi, sa malheureuse épouse !
Qui tombas sous les coups d'une main trop jalouse,
De nos larmes reçois les funèbres tributs,
Tributs que nous devons à tes nobles vertus.

Sur toi, les ennemis gagnèrent la victoire,
Mais ils sont confondus : il te reste la gloire.
La ville qui reçut de vous tant de bienfaits,
Envers ses bienfaiteurs fut ingrate à l'excès.
Marche, marche au martyre, et l'arme est déjà prête,
Pour le peuple, aujourd'hui, c'est un grand jour de fête ;

Un tribunal infâme ose voter ta mort,
Sur l'ignoble échafaud, va s'accomplir ton sort.
De toi, de ton époux. on put cacher les cendres ;
Mais votre auguste image était dans les cœurs tendres,
On brisa dans vos mains un sceptre glorieux,
Vos malheurs sont finis ; vous régnez dans les cieux.

Elisabeth, ô douce, vertueuse princesse,
Ton trépas fut le prix de ta noble tendresse ;
Avant le coup mortel, tu mourus mille fois ;
Tu fus témoin des pleurs du plus juste des rois ;
Tu partageas des tiens les horribles misères,
Et leurs affronts sanglants, et leurs douleurs amères ;
Tu ne pus échapper aux tigres furieux :
Tes vertus et ton rang leur étaient odieux.
Dans un tombereau, mise avec des misérables,
On te vit, insensible à tes maux lamentables,
Et là, sur cette place, aux suprêmes tourments,
Tu paraissais un ange aux yeux des assistants.

Des Jacobins, la soif pour l'argent est si grande,
Que plus on la contente et plus elle demande.
On a vu des enfants, dès les derniers fléaux,
De leurs parents chéris devenir les bourreaux,
Pour posséder leurs biens ; ces monstres détestables
Ont plongé le poignard dans leurs seins vénérables.
Dans ce temps de malheurs, temps de divisions,
Les nœuds les plus sacrés, les plus tendres unions,
Tout fut bouleversé ; dans le club sanguinaire,
On vit un fils perfide abandonner son père,
Un père demander le trépas de son fils,
Et l'on vit se trahir des frères, des amis.

Les hommes les plus doux devinrent des furies,
Des innocents sans nombre y perdirent leur vie.
Le roi, le grand, le prêtre, on a tout massacré ;
L'enfant ou le vieillard, ah ! rien ne fut sacré !
Telle des forcenés fut l'aveugle démence.
Que de fleuves de sang submergèrent la France!
Ces démons insensés, dans leur terne fureur,
Commirent des excès qui font frémir d'horreur.
Je ne puis sans trembler et sans rompre ma lyre
Répéter les horreurs qui restent à décrire ;
Je voudrais cependant nommer les scélérats
Dont l'Eternel punit les honteux attentats.

Au nombre des régnants, ou de cent nouveaux maîtres,
Le charlatan Marat, le plus cruel des êtres,
Sur un trône de fer s'assied impudemment,
Pour qu'un peuple imbécile accepte son onguent
Aux partis divisés, devenu nécessaire,
Il leur mit tour à tour ses talents à l'enchère.
Enfin ce frère aîné de tous les Montagnards,
Régnait, par la terreur, parmi les léopards,
Lorsque les démons, pris d'une joie infernale,
Viennent de son trépas hurler l'heure fatale.
L'Eternel a frémi. — Le peuple est silencieux ;
Les crimes du tribun épouvantaient les cieux.

Sur la scène, Marat, joua le plus grand rôle ;
Il sut, par ses discours, plaire au peuple frivole.
Cet homme de tréteaux connut le cœur humain :
Pour mieux gagner le peuple, il le dit souverain.
Ses discours, ses écrits, pleins de feu, pleins d'audace
A d'horribles excès portent la populace,
Il s'appelle l'ami d'une bande de gueux,
Qu'il excite au pillage à des meurtres affreux
Ce Maloch et les siens, milices infernales,
Enfantent dans Paris des émeutes fatales ;
Pour un argent maudit... Ah ! ces hommes sans foi
Se vautrent, dans le sang, sans honte et sans effroi.

Ce mortel, ulcéré qui tombe en pourriture,
Croit pouvoir obtenir un jour la dictature ;
Mais deux de ses égaux, ces deux hommes de sang,
Robespierre et Danton, visent au premier rang
Marat, l'ami du peuple, et sa sublime idole
Eut vaincu ses rivaux, seul tenu la boussole,
S'il n'eut pas fait naufrage au milieu de son bain
Si le bras d'une amante à ses jours n'eût mis fin :
Frappé, d'un coup mortel, il expire dans l'onde
Teinte du sang, impur, de ce reptile immonde,
O juste châtiment de ce grand bout-feu
Qu'un peuple, fanatique, honora comme un dieu.

Danton, soufflet de forge, alluma l'incendie,
Qui ravagea la France et causa l'anarchie.
L'ambitieux Danton, avide de trésors,
Pour ruiner l'Etat, fit les plus grands efforts ;
Le perfide trahit le meilleur des monarques,
Louis de ses bontés lui donna mille marques.

Ce rebelle, enhardi. par d'autres factieux
Fut des plus insolents, des plus audacieux.
Ministre, il fut élu, de la haute justice,
Et sur les innocents exerça sa malice ;
Des prêtres et des grands il devint la terreur
Versailles, fut témoin de sa morne fureur.

Le farouche Danton, de taille colossale,
De sa voix, fait trembler, toute la capitale,
Ce ministre, toujours entouré de mutins,
Commande dans le club des fameux Girondins ;
D'assassins, de voleurs, ce club est l'assemblage
Il ne s'y résout rien que meurtre et que pillage,
C'est là qu'on voit paraître un Chaumette un Brissot
Qui font tant d'innocents monter à l'échafaud !
C'est là, qu'on voit briller, ces ennemis des princes,
Qui contre eux, font armer, Paris et les provinces.
Dans ces clubs sont ourdis tous les complots pervers
Inspirés aux Français, par l'ange des enfers.

Dans ces lieux soudoyés, des mutins, des poissardes
S'assemblent sur les quais, intimident les gardes ;
Ils barrent les chemins, arrêtent les passants
Et demandent le roi par des cris outrageants,
Des hommes déguisés conduisent ces canailles
Leur font quitter Paris, et conduits à Versailles,
Ils arrivent en foule ; et bravant tout danger,
Osent dans son palais leur monarque assiéger !
On aurait pu sans doute, arrêter le tumulte,
D'un peuple révolté contre un roi qu'il insulte,
On avait des guerriers et d'excellents canons
Pour punir les méchants et protéger les bons.

Ces bandes de mutins, et d'ignobles bacchantes,
Font résonner les cours, de leurs voix menaçantes ;
Les plus hardis d'entre eux, sans craindre le trépas,
Dans le palais ouvert précipitent leurs pas ;
Guidés par les démons, la fureur les entraîne
Droit à l'appartement ou repose la reine.
Ils s'approchent du lit... y fixent leurs regards
Et mille forcenés y plongent leurs poignards !
Mais un noble guerrier, emporta la princesse,
Il la sauvait ainsi de leur scélératesse.
Bientôt le roi paraît, se livre aux meurtriers
Qui partent, en triomphe, avec leurs prisonniers.

De tout Paris, Danton, se croit dejà le maître
Et de toute la France, il pense bientôt l'être,
Robespierre plus fin que le brutal Danton,
Du souverain pouvoir brigue aussi le bâton.
Ces deux puissants rivaux, qui se portent envie,
Attendent le moment de s'arracher la vie.
Chacun, de son côté, prépare ses filets,
Et pour prendre sa proie on se tient aux aguets.
Le souple Robespierre, à recours à la ruse,
Dénigre son rival sourdement il l'accuse :
Il sape son pouvoir, lui ravit ses appuis,
Et lui cause à la fin les plus cruels ennuis.

Grand Dieu, toujours tes traits tombent sur les coupables,
Qui peut les éviter : ils sont inévitables.
Tu frappes le méchant, de tes foudres vengeurs
Tandis que sur lui-même il tourne ses fureurs,
Tous ces perturbateurs, mécréants, régicides,
Sont les premiers frappés dans leurs trames perfides.
Pour témoin j'en appelle au célèbre Rolland
Qui se plonge, en sa rage, un couteau dans le flanc.
Ce meurtrier, du roi dont il fut le ministre,
Forma contre l'Etat, le plan le plus sinistre.
Expulsé de sa charge il se joint à Danton,
Qui l'admet aussitôt au club de la Raison.

De la Raison! que dis-je, ah! plutòt des furies
Que l'enfer de son sein sur la terre a vomies.
Dans ses écrits, Rolland, vante la liberté
Il ose, à l'indigent, prêcher l'égalité.
Ce mot d'égalité, de liberté sans borne,
Ce mot apprend au peuple à frapper de la corne ;
Et ce peuple d'égaux, ce peuple souverain,
Comme un taureau làché ne connaît plus de frein
Rolland, ouvre les yeux, des regrets se consume,
Et se donne la mort dans sa grande amertume.
Tel fut l'aveuglement d'un ministre sans foi
Qui blasphéma son Dieu, qui fit périr son roi.

On menace vos jours, héros de la Gironde,
La Montagne mugit et le tonnerre gronde.
Brissot, la foudre enfin, sur toi tombe en éclats
Pour venger, de ton roi, l'horrible assassinat.
De ta langue mordante et de ta plume impie
Tu déchiras le sein de ta triste patrie ;

Sombre chef d'assassins, tu ne peux échapper,
Tu vois tes ennemis, partout t'envelopper.
Du trône et des autels tu fis piller les restes,
Et te voilà puni, le vol te fut funeste.
Il avait un état, — il était pâtissier, —
Et voulait, des Français, devenir le premier.

L'indigne Condorcet, déshonneur de sa race,
Parmi les Girondins tient une illustre place,
Sophiste intelligent il veut l'humanité
Et d'un tigre féroce il a la cruauté.
Ce mouton enragé, volcan couvert de neige,
Ose immoler son roi que le malheur assiége ;
De sang froid il le fit conduire à l'échafaud,
Mais il en fut puni comme un autre Brissot.
Hors de la loi décrétée, ce traitre à la patrie,
Se sauve dans les bois pour prolonger sa vie ;
Et bientôt découvert on le traîne en prison,
Il prévient son supplice, avale du poison.

Il était dangereux d'être trop populaire.
On armait contre soi le jaloux Robespierre ;
Ce mortel ombrageux fait tomber sous ses coups
Tous ceux dont le crédit enflamme son courroux
J'aperçois, sans regret, au nombre des victimes
Le capucin Chabot, si fameux par ses crimes.
Ce moine défrocqué, le plus vil des mortels,
A renversé le trône et pillé les autels.
L'apostat fut puni de sa grande rapine,
Fut mis hors des débats, subit la guillotine ;
Tel fut le châtiment d'un des plus grands larrons
Que l'on vit acharné contre tous les Bourbons.

Gobet, digne pasteur d'un troupeau sanguinaire,
Est le venin subtil d'une aveugle vipère ;
Cet intrus sacrilége, aux pieds foule la croix,
Blasphème l'Eternel, le nie à haute voix,
Profane son Eglise et ses rites augustes ;
Des saints de Notre-Dame il court briser les bustes.
Mais voulant introduire un athéïsme affreux
Il devient, même au peuple, un objet odieux ;
Et ce peuple inconstant livre, abat son idole,
Ce pouvoir d'un moment le flatte et le console.
Hélas ! où sont allés ces deux prêtres, sans mœurs
Qui commirent tous deux les plus grandes horreurs.

De leur sort déplorable, apprenons que le vice
Conduit les libertins au fond des précipices.
Très-faux est le bonheur des gens voluptueux,
Qui de leurs passions se font autant de dieux ;
Leur corps si bien nourri, si brillant de parure,
Demain sera des vers, une grosse pature,
Et leur âme coupable au sortir de son corps,
Des vers n'est pas la proie, elle l'est des remords ;
Elle ne peut périr, elle est de Dieu l'image,
Et jamais de la mort ne souffrira l'outrage.
Mais l'opprobre l'accable, abaisse son orgueil,
Elle voudrait du corps partager le cercueil !

D'un tribunal de sang, tout fier de sa victoire,
Chaumette fut le chef, — il augmente sa gloire,
Il entraîne le peuple et l'amène à ses vœux,
Par sa voix de tonnerre et ses élans fougueux,
Il excite partout des émeutes tragiques,
Jette les habitants dans des terreurs paniques,
Et procureur éhonté, d'horribles tribunaux,
Il règne en souverain sur les municipaux.
C'est ainsi qu'un vaurien, un être méprisable,
Par des forfaits hideux, s'est rendu formidable,
Et le Sénat, qui craint le lion rugissant,
Accorde à sa demande un tribunal de sang.

Cet horrible imposteur, d'une ardente cervelle,
Forme avec ses amis une secte nouvelle.
Hébert, son conseiller, approuva son projet,
Bientôt, par ses écrits, des partisans lui fait.
Ce mortel effronté, cette vile poussière,
Contre le Tout-Puissant lève une tête altière ;
Son nom, sa croix, son temple, il veut les abolir,
Il veut sur les autels l'athéïsme établir !
Pour mieux faire adopter son culte ou son caprice,
Il offre pour déesse une charmante actrice.
La fête qu'il nomma fête de la Raison
Déplût à Robespierre, aussi bien qu'à Danton.

D'un regard dédaigneux l'un fixe cet impie
Et l'autre est indigne d'une telle infamie,
Ou plutôt Dieu se sert de ces deux fiers tyrans
Pour châtier Chaumette et tous ses adhérents.
Hébert et toi, Chaumette, allez orner vos têtes,
Victimes vous serez de vos burlesques fêtes.

Robespierre, en effet, fait condamner Hébert ;
Pour son impiété, cet impie à souffert,
Et nous vîmes bientôt Chaumette, son complice,
De ce frère égaré, partager le supplice.
Pour tous ces mécréants quel horrible destin :
A l'échafaud succède un supplice sans fin.

Ces deux tyrans jaloux en immolent mille autres,
Qui tous de l'anarchie étaient zélés apôtres.
Robespierre n'a plus que Danton pour rival,
Il cherche à lui porter enfin le coup fatal.
Tel dans un grand bassin, quand l'eau paraît tranquille,
Des monstres se remuent, le brochet et l'anguille,
Chacun de son côté forme ces trahisons,
Dévore tour à tour tous les petits poissons.
Et finissant tous deux par s'attaquer eux-mêmes,
Se déchirent l'un l'autre en leur fureur extrême ;
Ainsi que le serpent, s'élançant dans les eaux,
Blesse à mort l'indolent endormi dans les flots.

Le député Barras, si fécond en intrigues,
Va priver ses égaux du fruit de ses fatigues.
Ce mortel devenu populaire et puissant,
Sans pudeur s'abandonne à son mauvais penchant.
L'ambitieux, de sang fait innonder la France,
Il veut posséder, seul, la suprême puissance.
Contre Danton, qu'il craint, il dirige ses traits ;
Afin de le frapper avec plus de succès,
Il fait d'abord périr, pour de prétendus crimes,
Desmoulin et Lacroix, ses deux amis intimes.
Le superbe Danton, dans le danger prédit,
Devient pussillanime et perd tout son crédit.

O toi fougueux Danton, pour de vaines richesses,
Tu fis couler le sang, tu commis des bassesses.
A quoi vont te servir tes énormes trésors !
Peuvent-ils te tirer du plus honteux des sorts ?
Je te vois au pouvoir d'ennemis implacables
Et d'injustes rivaux de tes crimes coupables.
C'est ainsi que Barras fît arrêter Danton,
Que l'on mit au secret dans un double donjon ;
Et tombé dans les mains d'un monstre plein d'envie,
Sur l'échafaud, il meurt couvert d'ignominie.
O digne châtiment du sordide avocat
Qui fît tomber du trône un juste potentat.

Le trépas de Danton laisse à son adversaire,
Et le champ de bataille et la puissance entière.
Et Robespierre alors, dans sa morne fureur,
Croit pouvoir s'affermir par son plan de terreur.
Plus cruel que Néron, que Daya plus sauvage,
Dans le sang des Français tout à coup il surnage :
Tous ceux de ses pareils qui blâmaient ses excès,
Le monstre, simplement, les fait mettre aux arrêts.
De victimes partout chaque prison regorge,
On les voit s'entasser comme des gerbes d'orge ;
Au village, au hameau, le sang coule à grands flots,
La mort vient les frapper dans de secrets cachots.

Cet homme, violant les lois de la nature,
A son ambition ne met plus de mesure.
Dans toutes les cités, sous son nom, les agents
Vexent les citoyens, s'en rendant les tyrans.
Je ne puis retracer, — ah ! sans verser des larmes,
Les meurtres de Carrier, ses forfaits, ses vacarmes ;
Cet homme, fut poussé par un monstre infernal,
Fut l'auteur d'un complot aux Nantais bien fatal.
De massacrer en masse il se fit une gloire,
Il noyait les passants dans les eaux de la Loire ;
Ces malheureux, montés sur de frêles bateaux,
Tombaient soudain dans l'onde y trouvaient leur tombeau

Il me reste à parler d'un plus grand monstre encore,
De l'infâme Henriot, que l'enfer fit éclore,
Qui, toujours altéré de carnage et de sang,
Parmi les meurtriers obtint le premier rang.
Ce chef toujours guidait des bandes de canailles
Qui souillèrent de sang et Paris et Versailles.
Non, la France jamais n'enfanta ce gredin ;
Il n'exista jamais un plus vil assassin.
Constamment agité de toutes les furies,
Sur un dragon strident et semblable aux harpies,
Il s'agite et conspire dans les sombres régions :
L'Eternel l'a frappé de malédictions.

L'arrogant Robespierre, augmentant son audace,
Sait trouver le secret qui déjà le menace.
Ce superbe despote, ivre de sang humain,
Déjà parle, commande en maître souverain.
On le voit écumer, s'agiter sur la scène,
Comme un coursier fougueux qui bondit sur l'arène ;

Ce tyran veut régner, régner par la terreur,
Et les bons sentiments sont bannis de son cœur.
A ces décrets sanglants veut s'opposer Latouche,
Mais d'un de ses regards il lui ferme la bouche.
De la France, il se croit déjà le dictateur;
Il en prend l'équipage et toute la splendeur.

Ce mortel qui toujours ses intérêts consulte,
Aux Français, en révolte, il veut donner un culte;
Il en est le pontife et le chef souverain,
Et le diable à ce traître inspire ce dessein.
Ce culte était un frein du philosophe habile
Pour contenir le peuple et le rendre docile.
Sur la place il se rend couvert d'un manteau bleu;
Sur sa bannière on lit : La France admet un Dieu.
Ce misérable impie, dans sa folle imprudence,
Donne à l'Etre suprême un brevet d'existence.
Quoi! pour le reconnaître, il fallut ses décrets!
Honte à toi, triste peuple, et voilà tes forfaits!

Mais le nouveau pontife approche de sa chute;
A des partis jaloux il est sans cesse en butte.
Beaucoup de sénateurs, voulant venger Danton,
Trament secrètement la perte du dragon.
Le tyran les soupçonne, et craignant leur envie,
Les dénonce au Sénat et demande leur vie:
Mais le hardi Talien lui répond sans effroi
Et le fait condamner et mettre hors la loi.
Robespierre alarmé court à l'Hôtel-de-Ville,
Court parmi ses amis chercher un sûr asile;
Vainement: il ne put échapper à la mort :
D'un infâme assassin il faut subir le sort.

Ses agents, dans Paris, répandent des alarmes,
Font battre les tambours, et chacun prend les armes
Pour sauver un tyran digne de mille morts.
Des partisans zélés font leurs derniers efforts.
Un des chefs, apprenant ces subites nouvelles,
Assemble ses soldats et ses hardis fidèles;
Contre les sections, il mène ses guerriers,
De braquer leurs canons, commande aux canonniers.
Pour la première fois, d'obéir ils s'excusent;
D'attaquer le Sénat, tous ces braves refusent.
Malgré l'Hôtel-de-Ville, et son puissant crédit,
Robespierre succombe; il est partout maudit.

Dieu, voyant des Français la terrible agonie
Vient jeter sous leurs pas des essences de vie,
Alors il dit à l'ange assis à ses côtés :
Va, porte à ces enfants quelques félicités,
Dis-leur qu'un beau soleil à l'horizon se lève,
Apportant des lauriers que leur noble cœur rêve ;
Qu'un beau ciel de printemps, du plus brillant azur,
Va rafraîchir leur front du zéphyr le plus pur.
Un grand génie alors, poussé par une aurore,
Nous apparut radieux comme un beau météore :
C'était Napoléon, plein d'ivresse et d'orgueil,
Qui venait des méchants préparer le cercueil.

Et pour finir son œuvre et relever le trône,
Il prit du roi martyr le sceptre et la couronne,
Et bientôt à son char s'enchaînait la victoire.
La fortune changeait : il convoitait la gloire.
Il voyait sans pâlir le poignard que Merlin
Sans sa fidèle garde enfonçait dans son sein.
Alors ses ennemis, en poussant des blasphèmes,
Voyait s'évanouir tous leurs affreux systèmes.
Mais pourquoi subit-il le plus amer des sorts
Car il périt au loin sur d'imprenables bords ?
Il fut aussi martyr, et dans son agonie,
Il put voir des Anglais et le crime et l'orgie.

FIN.

Paris. Imp G.-A. Pinard, 9, cour des Miracles.